# 미착품

**권경욱**
2017년 『베개』를 통해 작품 활동을 시작했다.
시집 『사라지는 공원에서 우리는』 『미착품』을 썼다.

파란시선 0159 **미착품**

**1판 1쇄 펴낸날** 2025년 6월 20일
지은이 권경욱
인쇄인 (주)두경 정지오
디자인 이다경
펴낸이 채상우
펴낸곳 (주)함께하는출판그룹파란
등록번호 제2015-000068호
등록일자 2015년 9월 15일
주소 (10387) 경기도 고양시 일산서구 중앙로 1455 대우시티프라자 B1 202-1호
전화 031-919-4288
팩스 031-919-4287
모바일팩스 0504-441-3439
이메일 bookparan2015@hanmail.net



ISBN 979-11-94799-04-7 03810

값 12,000원

# 미착품

권경욱 시집

주문한 적 없어도

도착하는 마음들



주문한 적 없어도

도착하는 마음들

차례


시인의 말

제1부

# 생방송

이제부터 당신의 말은 기록된다


방문을 닫으면
다음 기분으로 넘어가듯


아침의 건널목에서
다음 신호를 기다리다


나보다 먼저
건너가는 기분을 바라본다


종이를 넘기며
모르는 표정마다
당신이라 이름 붙이듯


이상한 그림을 보면
계속 들여다보고 싶어진다


오늘 태어난 백지가
서로의 표정을 바라본다

—

선물을 뜯어 보기 전에
마음의 매듭이 먼저 풀리듯


마음은 리허설이 필요 없는지 모른다


한낮의 건널목에서
놓쳤던 기분을 기다린다


신호가 먼저 재생된다

—

# 입장

불편을 드려 죄송합니다
안내판의 사과를 받아
행인이 되어 보는 것도 나쁘지는 않다

불편한 입꼬리를 빌려
웃는 입장을
미리 사 두는 것도 나쁘지는 않다

나의 모든 표정이
가능한 모든 입장이
작은 책자에 안내되어 있다면

웃다가 멈추면 알 수 있지

나보다 늦는 게 누구인지
훔쳐보는 건 누구인지

입을 가리고
조용한 편지를 쓴다

기분에게


나의 기분을 보는 기분과
기분을 찾으러 다니는 모든 기분에게


나는 이 느낌을 허락받고 싶다


그리고 모두에게 사과하고 싶다


당신을 찾았을 때
밤새 현관을 두드려도
영원히 열어 주지 않기를


이상한 편지를 받고
즐거운 입장이 되어 보는 것도
그리 나쁘지는 않다


편지를 가만히 놓고
어제 닫아 둔 창문을 연다

가능한 모든 아침을 빌어 와
신세를 진 적은 없다

환기를 한다
식탁에 앉으면

목마른 사람이 먼저 일어나게 된다

# 매듭

포장은 마음에 드시나요


점원의 말이 느려지고


마음먹으면 즐겁게
손뼉을 치거나
당신을 기다리며
비를 그치게 할 수도 있다


언제 멈춰도 이상하지 않은
오래된 흑백영화처럼


매듭은 어떻게 묶어 드릴까요


매듭은 마음먹으면
선물이 되거나
올가미가 되거나
세상을 구조할 수도 있지


세상은 영화가 아니라고

비에 흠뻑 젖은 당신이
창문을 두드리고
손뼉을 치며 날 불러도
당장은 웃어 줄 수가 없고

대본이 너무 정직해서

우산을 올리면 비를 맞고
우산을 내리면
앞이 보이지 않는다

손님 제 말이 들리시나요

아무래도 생각은
머리보다 큰 우산을 쓴 것 같아

잃어버리기에 너무 커서
실례를 구하지 않고
얌전히 퇴장할 방법이 없고

—

문을 닫고 나와도
계속되는 점원의 영화에서
나는 이상한 배역으로 남겠지

아무리 NG를 내도
이번 컷은 끝나지 않을 것 같다

길 위에
재생된 차들이
멈추지 않을 것 같다

역할을 놓친 눈으로
지나가는 차들을 본다

낮에는
흰색 차 한 대가
끝이 보이는 터널로 들어선다

—      자정을 나란히 달리던

택시 두 대가
교차로에서 영원히 헤어진다

세계가
양쪽으로 갈라진다

가벼운 매듭이 자라난다

## 호수공원


一　　　보세요 여러분
　　　　유리에 찔린 것뿐입니다


　　　　얼떨결에 놓친 카메라
　　　　사람들은 환호하고


　　　　그는 확실한 미소를 짓는다
　　　　더 좋은 영상을 찍고 싶다


　　　　부서진 렌즈로
　　　　그는 촬영을 계속한다


　　　　그는 생방송을 이해하고 있다
　　　　찍고 있는 쪽이 세상이고
　　　　벗겨 낼 수 없다


　　　　사람들의 관심을 끌려고
　　　　화면을 멈출 수는 있겠지만


一　　　미래를 훔치는 방법은

적절한 검색 결과가 아니다

호수공원은
호수를 둘러싼 광장과
산책로로 구성되어 있다

깨진 공원을 돌려놓을 수 없다
모두가 즐거워해서

잠에서 깬 사람들이
밤 산책을 나온다

자전거 두 대가
갈라진 호수로 들어간다

그는 녹화 영상을 보다가
주변이 밝아진 것을 모른다

# 면접

　세상에는 물컵이 많아요

　만지지 않았는데
　생각을 멈출 수 없어요

　마신 적도 없는데
　입술 자국을 지울 수가 없어요

　잘 깨지는 손잡이들
　종류별로 모아 두었죠

　당신을 위해 꺼내 드리다
　자연스럽게 깨뜨릴 수 있게

　깨진 조각이
　살갗을 찌르고
　차가운 표면을 흘러내리는

　붉은 피를
　당신도 보고 있다면

이제 물컵이 아니면 무엇일까요

물컵이 많은 세상에서
물컵을 확신하기 위해

방문이 닫히는 순간까지
뒤를 계속 돌아보는 사람처럼

안심하는 눈썹의 위치
물을 마시면서
목이 만드는 소리를

연습하지 않고도
따라 해 보고 싶었는데

아침이 되면
진짜 식탁에 앉아

세상이 정해 준 포즈로

얌전한 차를 마셔 보고 싶었는데

같이 마셔도 될까요
그래도 괜찮다면

당신의 물컵을 꺼내 주세요

날 위해 깨뜨려 주세요

# 너의 작업실

창밖을 오래 보는 사람과
말을 섞지 않는 게 좋다

사라지는 풍경 말고도
흥미로운 것이 많기 때문이다

빛이 드는 창가에서
빛을 그리면
아무것도 없기 때문이다

얼굴은 창밖에 벗어 두고
손님인 것처럼
기분을 찾아다니기 때문이다

당신이 찾는 단어는
사전에서 찾을 수도 있다

창밖이라는 단어는 흥미롭다
손님이라는 단어는 흥미롭다

당신만 괜찮다면
종일 찾아볼 수 있지만
거짓말만 할 수도 있겠지만

무능한 가이드처럼
나만 믿고 따라오라고
말할 수는 없다

시간만 괜찮다면
오후를 열고
빛이 어떻게 섞이는지
유심히 지켜볼 수도 있다

지켜보는 영혼은 미끄럽다

거울 속으로
목을 집어넣는 사람처럼
얼마나 깊어질지 모르기 때문에

구경하는 사람에게

방아쇠를 겨눌 수는 없다

손님이 바라보면
나는 환하게 웃을 수가 없다

아직 목덜미를 꺼낼 수가 없다

# 입실

카드 키를 받으면
혼나지 않을 것 같아

만져도 될 것 같아
카드 키를 대 보고 문을 열고

내가 없는 방에 들어간다

기분을 밖에 두고
들어오기를 기다리면

나의 입장은 분명해진다

입실할 때 받은 카드 키는
퇴실하면서 반납해야 하고

엘리베이터 양면 거울은
매일 기다리고 있어

건널 수 없는 마음 대신

계단이 무럭무럭 자라나기를


주머니 속 카드 키는
생각보다 세상이
깊고 안전하다고 생각하고


거울도 잠들기 전에
불을 끄고 잠드는지


퇴실한 다음 날까지
성실한 관찰자는 없었지만


대답도 너무 오래 쥐면
생각의 피가 돌지 않았지


카드 키를 받고
방으로 입장하고
방에서 퇴장하고
카드 키를 반납하고
무엇을 목격하고

무엇을 분실하는지
손님은 어떤 세상에서 사는지


얼어붙은 손님에게는
생각을 물어볼 수 없다


손님이 배달하는 손님을
아직 해동해 본 적은 없고


시간은 문고리가 없어
얌전히 닫아 둘 수도 없다


비상구를 내려가는 나를
매일 지켜보는 나는 누구인지


방에 있는 나는 확실하지 않고


주머니를 뒤집어
얼어붙은 문고리를 잡고

문틈을 열면

외면했던 계단들이
머리 위에 펼쳐져 있다

# 영업시간

손님이 너무 많아져서
이제 문 닫을 수도 없다
단추도 없이 새는 웃음들
잠글 수 없다 재채기를 뺏긴
동생처럼 얼떨결에 차분합니다
반품 및 환불 규정을 정독하고
몸에 꼭 맞는 옷을 입어 봅시다
저온에서 익어 가는 고기 팩처럼
초기화는 중요합니다
풀꽃이 되고 싶었는데
탄생화는 장미인 언니처럼
똑같은 생명보험을 들고 나란히 누운 시체들처럼
고생하셨으니 제발 좀 쉬세요
누워 계신 분 유언입니다
못생긴 조문객은 안 받습니다
얼굴도 못 보고 절하고 울고 눕고
저주하면서 찾아오는 평화로운 아침
창가 창가 노래를 부르다 심장을 놓고 간 손님
고혈압을 앓았나 봅니다 머리부터 떨어져서
자기가 유령인 줄도 몰랐나 봐요

어제 옥상에서 태어난 줄 알았답니다
잘못 태어난 언니가 보내 준 개업 화분
새로 맺힌 토마토는 속부터 썩어 가고
죽을 열매는 어디에 버리면 되나요
옥상에다 버리시면 안 됩니다
몰래 계단을 오르는 시간
혼자인 걸 들키지 않으려고
들키는 걸 들키지 않으려고
숨어서 꺼내 보는 얼굴
나를 너무 늦게 불러냈잖아
조문을 많이 다녀서 배가 너무 불러요
GDP에 기여하지 않기로 했습니다
얼린 다진 마늘을 꺼낸 다음
다시 집어넣는 걸 까먹은 꿈처럼
우리는 너무 사소하고
초깃값을 알 수가 없다
당신과 같은 비닐 팩을 입고
더 나은 조리를 기다리는 시간
화면발 잘 받는 사람들이 외쳐 대는
사랑한다는 지루한 목소리처럼

나는 죽어 가고
이제 살아 있는 손님은 웃길 수 없다
퇴근하면 행복하겠지만
거짓말만 할 수는 없을 거야
나는 덜 익은 고기다
세상의 모든 손님과 멱살을 잡고
날것으로 주문을 받는
뜨거운 메뉴판이다
네가 읽고 있어서
웃음을 포기할 수가 없다

# 연습실

손톱을 다듬고
버려진 피아노를 샀지

얼굴 없는 표정을
한번은 갖고 싶었어

연주에 푹 빠진 사람처럼

작은 건반만 치는 사람은
자신이 무고하다 생각하고

정해지지 않은 음계가
너무 많았다고

실수하고 싶어지겠지
가렵고
환한 얼굴을 달고

노래를 들려줘

목마른 아침과
창밖을 보며 영원히 말라 가는 줄기

상자를 닫고 열 때마다
점점 작아지는 선물을 줄게

일관된 믿음이 자라나지 못하게

땀 묻은 페달
고개로 쏟아지는 정오

무너진 창틀을 노려보는
햇볕의 예절처럼

세상 마지막 건반이 녹아도
노래의 신앙은
끝까지 얼어붙지 않는 것

선물도 아니면서
손톱은 자라고

건반이 커지고
악보도 모르고
버려진 줄 모르고

얼굴도 없이
건반을 펼친 당신이 웃을 때

오늘은 다시 재생되겠지

# 우산

계절이 끝나 가도
습관을 벗을 곳 없고

내리고 싶지 않아도
비를 피할 수가 없다

구름을 걸어 둘 곳 없어서

고양이가 처마에 숨어
기지개를 켜는 순간까지

되감아 볼 수는 없다

녹음된 음악을 들으면
내일의 기분이 올 때까지

주어진 얼굴을 들 수가 없다

물속에서
억지로 펼치는 우산처럼

작년에 받은 선물을
포장도 뜯지 않고 두는 건

미래를 보관하는 방식
뜯자마자 산화되는 방식

녹음된 미래처럼
원하는 만큼
계절이 재생되는 동안

TV를 꺼 보면
TV를 끈 사람이 나온다

피하고 싶지 않았던
작은 미래까지 막아 주는 건
우산의 방식

화면 속 고양이에게
작은 우산을 씌워 주고 싶다

# 무향실

커튼을 치면 바다가 있었지


비 오는 모래사장
목을 놓은 사람의
들리지 않는 기도처럼


간절한 것
얌전한 것
구분할 수 없겠지만


의자에 앉으려면
의자를 믿는 수밖에 없었지


파도 소리를 보려면
입을 열 수 없는 관객처럼


아침이 밝으려면
내가 몇 번째 의자에 앉아
얌전히 불타야 하는지는 모르지만

보고 싶은 것
보고 싶지 않은 것
구분할 수 없을 거야

커튼을 치면 바다가 있고

바다를 보면
바다를 보는 창문

창문을 보는 내 옆에
바다도 함께 보이겠지

# 밝은 정원

어제 나는 죽었다

영문도 모르고
반대로 탄 지하철처럼

어쩔 수 없이 기쁜 얼굴로
그럼 끝인가

끝이라고 말하는
내가 있었고

이것도 꿈은 아니다

기쁘다 말하면
기쁠 줄 알았는데

마음이 나보다 커서
속이기가 어렵다

축소 광선을 맞은 것 같다

아무리 작아져도
도망갈 수 없는 아침

식탁에 앉으면
영원을 기다릴 수 있다

잼 나이프를 들고
식빵에 딸기잼을 바르다가

무너진 정원을 비추고
자라나는 햇빛을 본다

## 스케쳐

눈 오는 날 소리를 지르면
목소리가 작게 들려
네가 발코니에서 손을 흔들 때

목소리가 실려 오는 건
더 이상 비밀이 아니기 때문이지
너의 뒤로 그림자 하나가 따라 걷듯이

우리가 흘린 계절을 누르면 편지가 되겠지
바다는 멀리 있어서 좋다고
너무 가까운 고백은 멀게만 느껴져

여름 공책에 그려 보는 눈꽃이
미리 녹아서 영원히 다가오지 않을 것처럼

바다가 보이는 방
얼어붙은 발코니

난간에 쌓여 가는 눈
난간은 쌓여 가는 눈

열심히 소리를 질러도
방이 줄어드는 건 우리의 비밀이
내리는 눈 사이 숨어 버렸기 때문이지

더 멀리 보고만 싶은데
네가 보고 있는 건 하얀 바다

편지가 쌓여 가는 방처럼
순서도 없이
너무 미리 도착하는 계절이 있어

가끔은 방에서 나와 주기를
창문을 열고 나오면

뒷마당에서
바다로 이어지는 작고 좁은 길
사람들은 그곳을 지름길이라고 불렀고

나는 밝은 지름길을 따라 걷다가

네가 보여 준 바다를
몇 번이고
몇 번이고 다시 그려 보았지

제2부

# 배차

아버지는 계곡에서 실족사했다. 아무도 꼬마를 지목하지 않았다. 집으로 돌아오는 창밖에서 그는 인생이 다른 장면으로 흘러가는 걸 보았다. 그는 매일 운전을 한다. 매일 웃는 연습을 한다. 손님을 모시고 확인한다. 내릴 때 잊고 내리는 건 없는지. 풍경은 같은 곳으로 흘러가는지. 어린 손님이 놓치고 내리는 건 없는지. 날마다 확인한다. 긴 터널을 지나고 나서는 빛이 어디서 다가오는지 확인한다. 확인이 끝나면 연습한 미소를 짓는다. 손님, 이제 곧 집에 도착합니다. 손님이 내리지 않으면 그는 배차를 받을 수 없다. 말 없는 어린 손님을 본다

낙과


식탁이 밝아도
빛은 들이쳐 있다

주문한 적 없어도
아침은 마음의 소실점

잘못 만든 영화처럼
아무리 환해도
자막을 볼 수가 없고

집에서 너무 멀리 나온
길 잃은 남매처럼

내 집에서 길을 잃을 수 없다

나는 마시던 모과차를
바닥에 쏟는다

식탁에 앉은 사람은
남은 설탕으로 사람을 그린다

사람 모양으로 그린다

# 승객

흐린 창문을 닦는다고
눈 덮인 바다를
보고 싶어 하는 건 아니다

오늘 모였다고
내일 다시 만나기로
약속을 만든 건 아니다

하차하는 승객은
완전히 정차한 후 일어나야 한다

규칙도 아니면서
아침은 잊어버리기에 좋아서

먼 곳에 다녀온 다음 날
말없이 앉아 있는 사람처럼

이곳에 모였다고
다시 만나자고
약속을 한 건 아니다

김 서린 창문은
가장자리부터 밝아진다
버스가 천천히 속도를 줄인다

승객은 자리에서 일어나
내일이 다가오는 것을 본다

## 미착품


　一　　창문에 앉은 사람은
　　　　창밖을 본다
　　　　그것은 규칙도 아닌데


　　　　커피가 유리잔에 담긴다
　　　　얼음과 함께
　　　　그것은 투명한 사실


　　　　햇볕이 뜨거운 거리
　　　　걷는 사람
　　　　유리는 창밖을 비춘다


　　　　창틀을 제외하면
　　　　거의 실시간으로 보인다


　　　　보고 있다는 건
　　　　재생되고 있다는 것


　　　　그것을 적는 사람
　一　　그렇게 적힌 사람

이것을 읽는 사람

누구도 멈출 줄 모른다는 것

창밖을 보는 사람은
바깥을 보는 얼굴을 본다

얼굴을 보는 얼굴을
마감할 수는 없다

커피는 유리잔에 담겨 있다
컵에 물이 맺히고
마지막 손님이 일어날 때까지

창밖을 보는 사람은
매일 반복되는 일이다

점원은 가게를 닫고
내일 주문할 물건들을 확인한다

신선 상품은
단순 변심에 의한 반품이 제한될 수 있다

주문을 취소해도
배송이 시작된 상품은 도착할 수 있다

# 종이접기

　광원은 스스로 빛을 내는 물체를 말한다. 그는 칠판에 적힌 빛을 종이에 적는다. 농담처럼 환한 창문을 본다. 두 손으로 옮겨붙는 빛을 본다. 빛은 여러 번 반사되며 손실될 수 있다. 빈 글자를 종이에다 적는다. 종이접기는 손실함수를 고려해야 한다. 면적이 계속 줄어들기 때문에. 가볍게 여러 번 접어 가방에 넣는다. 햇빛을 오래 본 종이는 색이 변하기도 한다

# 인공 눈물

죽은 인공위성이 계속 지구를 돌고 있다

그는 기사의 마지막 줄에서 읽었다
어제는 시력 교정술을 받았고

되돌리는 방법은 모른다
영구적인 눈으로 밤하늘을 본다

깜빡이거나 희미한 별빛은
부작용에 의한 빛 번짐 현상이 아니다

캄캄한 하늘을 보고
그는 눈을 두 번 깜빡인다

우리는
우리가 내뿜은 빛을 되감을 수 없다

미래가 지금 정해지고 있기 때문에

2억 광년 떨어진 천체에서

지구를 관찰할 때까지

눈을 몇 번 깜빡이다가
그는 가방에서 인공 눈물을 꺼낸다

번져 가는 빛이
어디에서 온 건지 모른다

# 가방

가방은 차분하다

담을 수 있는 만큼만
담을 수 있다는 점에서

햇빛을 오래 본 부위는
밝게 변하기도 한다

산책을 다녀오면
몇 년은 행복하겠지만

가방은 말이 없고

물건을 넣은 다음
들고 다니기 편리하게 만들어졌다

꺼낼 걸 고르는 동안
조금도 움직이지 않는다

가방이 햇빛을 본다

얼굴색이 변한
가지고 놀던 인형처럼

먼저 눈 감는 법은 없다

# 기념품


　점원은 진열대에 쌓인 먼지를 닦는다. 먼지는 판매하는 게 아니다. "정말 맛있어요" 가방을 거꾸로 든 손님이 인사를 건넨다. "정말 맛있어요" 그는 밝게 웃으며 대답한다. 손님은 먼지 쌓인 기념품을 기웃댄다. 그는 멋쩍게 웃으며 깨끗한 진열대로 안내한다. 기념품에 묻은 먼지를 계속 닦아 낸다. 진열대는 거의 투명하고 아무것도 없다. "더러워 나는 미안해" 구경하던 손님이 손을 모으고 가게를 나간다. 그는 바닥에 떨어진 가방을 진열대에 올린다

# 근린공원

통행에 불편을 드려 대단히 죄송합니다. 지나가는 눈빛으로 대단한 사과를 받을 수는 없다. 영하의 공사장과 드럼통으로 만든 난로들. 나는 모른다. 건축의 하중과 설계. 지면이 건물을 받치는 방식을. 그들이 하루에 몇 번씩 드럼통 주변에 모였다 흩어지는지를. 나는 공사장을 지나 근린공원을 걷는다. 근린공원은 지역 생활권 거주자의 보건, 휴양 및 정서 생활의 향상에 기여함을 목적으로 설치된 공원이다. 나는 벤치에 앉아야 하는지 잠시 고민한다. 비둘기들이 벤치 앞에 모였다 흩어진다

# 응시

어린이들은
어른 흉내를 내며 논다

머리를 빗겨 주고
새 옷을 입히고

장난감 총으로
적군을 무찌르면서

소리를 지르고
즐거워하는
하얀 목덜미처럼

방심하는 순간을 조심해야 한다

아이들은 아직
신체에 적응하는 중이기 때문에

나는 가방에서
새로 산 꼬리를 꺼낸다

고양이 인형은

아무도 없는 방을 바라본다

## 야경증


   젖은 손님은
여기 들어올 수 없다
침대의 규칙은 따분하고


매일 사진을 찍는다
검은 정원에서
똑같은 표정을 짓고


사진을 뒤집으면 백야


물에 젖은 사진은
전보다 조금 어두워진다


밤마다 자라는
천장의 나무 그림자처럼


몰래 훔쳐봐선 안 돼


창문이 너무 많으면
안 보인다고 말을 해야 해

침대를 뒤집어써도
젖은 발은 감출 수 없고


발이 녹아 없어지면
검은 뿌리를 내려야지


밤이 사라지면
영원히 커튼을 내려야지


뒤집힌 꿈들이
나를 인화하고 있어


사진을 찍을 때는 웃어야지


어두운 나무처럼
밝게 웃어야지

제3부

# 산책들


나를 데리고 현관을 나선다
장화 세 개를 신고


자정의 목줄을 쥐고


처음 만난 강아지와
하나둘 발을 맞추며


줄을 당겼다가
조금 풀어 주면서


목 없는 강아지에게
누가 목줄을 채운 걸까


기억에는 없는 일입니다


늘어진 테이프처럼
표정 없는 산책처럼


장화를 바꿔 신고

돌아오지 않는 현관까지
기억의 뒷모습을 감아 볼까

서로의 목줄을 쥐고
심장의 닻을 내려 볼까

오늘이 도망가지 못하게

얼굴을 부지런히 모아도
사람이 되지 않는 것처럼

여러 밤들을 잘라 붙여도
자정은 다시 돌아오지 않고

우리는 들키기 직전입니다

찢어진 우산을 펴고
가장 안전한 틈을 찾는 얼굴처럼

끝나지 않는 어둠 속에선

작은 표정도 들키고 싶어지고

산책은 끝이 없고
우리는 죽지도 않겠지만

걸을 때마다 오늘이 멀어진다

신고 있는 장화에
물이 차는 줄 모르고

어떻게 벗어야 하는지도 모르고

# 악몽

—

매일 보는 아저씨가
처음으로 인사를 건넨다

어제와
같은 골목을 걷는 것뿐인데

오늘은 영원히 결정된다

아침마다
눈이 떠지는 농담처럼

비친 내 모습을 보려고
닫은 가게를 찾다가

아무도 찾지 못하고
밝은 길가로 걸어 나온다

햇볕이 너무 환해서
손차양을 만들 때

—

끝없이 펼쳐지는 손가락을

나는 몰라야 했다

웃지 않는
아저씨의 입가처럼

어른의 입으로
잠자코 듣는 동화처럼

# 목도리

숲길을 지나 언덕을 오르면
마을은 전부 장난감 같았지

보여 주는 절망을 한 개 갖고 싶다

우산을 산 뒤로
종일 비를 기다리는 아이처럼

언덕 아래는
나 없는 축제가 지나가고
나 없는 계절이 지나가고

마른 언덕을 내려와
사람들과 악수를 하고
인형 같은 미소를 짓고

비가 오면
모두가 우산을 펼친다

아무런 조금의 의심도 없이

겨울이 오기도 전에
사람들은 외투를 찾겠지

내게는 눈보라가 필요했다

여름에도 목도리를 꺼내는 아이처럼

# 검은 별



　계단을 오른다. 밤하늘을 보려고. 어두운 계단을 오른다. 계단은 끝이 없고. 손목을 내주면 좋겠다. 당신은 말이 없고. 계단은 조용하다. 오늘의 대사를 미리 펼쳐 본 배우처럼. 채집된 마음은 건네고 싶지 않은 애인처럼. 보탤수록 어두워지는 물감처럼. 밤은 다가온다. 계단을 한 칸 오르는 발목. 내게는 이것이 전부라고. 눈앞에 놓인 어둠을 따라갈 수밖에 없을 때. 멀어지는 손짓을 본다. 눈먼 화가의 그림이, 천천히 자신의 그림자를 닮아 가는 것처럼. 계단을 오른다. 계단은 끝이 없고. 눈 뜨면 밤이 있고. 계단을 오르는 시간이 있다. 눈을 감고 계단을 오른다. 별이 몇 개나 되는지 그려 본다. 밤은 따라오지 않고. 우리는 서로 자정이 되어 가고

# 마중



　그는 빈 목줄을 들고 개를 쓰다듬는다. 등 뒤에서 환한 빛이 쏟아진다. 표정이 보이지 않는다. 작은 꼬리가 흔들린다. 어디를 보는지 물어볼 수 없다. 안심하는 마음을 들킬 수 없다. 너의 얼굴을 훔쳐보는 사람이 아니야. 부를 목소리가 없다. 꿈속이라는 걸 들키지 않아야 한다. 나는 그림자 진 자리로 돌아간다. 흔들리는 꼬리가 멈추고, 그는 가볍게 손을 흔든다

# 겨울


—

　여기부터 제한구역입니다. 순서대로 통행권을 제시하기 바랍니다. 사람들은 질서를 지키며 사라지고 있다. 내겐 주머니가 없다. 차례가 되자 나는 먼저 간 사람의 통행권을 보여 주었다. 그는 미소를 짓는다. 입김이 느리게 흩어진다


—

# 환승역

　외투를 잃어버렸다. 벤치에 앉는다. 차갑고 조금 단단하다. 주머니에 넣어 둔 것이 있었는데. 안전문이 열리고 닫힌다. 열리고 닫히는 틈은 거의 없다. 열차가 오는 방향을 본다. 열차 방향을 바라보는 나를 보면서. 열차를 보낼 때는 박수를 함께 보내고 싶어진다. 다시 돌아오는 마술도 아니면서. 앉아서 다음 열차 시간을 찾아본다. 도착 시간은 배차 간격에 따라 달라질 수 있다. 안전문이 열리고 닫힌다. 문이 열리고 닫히는 간격은 거의 없다. 다시 수백 대의 열차를 보내고 기다리는 동안. 사람들은 나를 찾기 시작한다. 모르는 얼굴을 정성껏 바라본다. 차갑고 기쁜 마음은 어느 역에서 온 걸까. 사라진 건 내가 아니라 외투인데

# 감은 눈

생생한 우주를 보고 싶었어

액자에 가득 담긴
검고 빽빽한 선들

벽인지 우주인지
얼어붙은 기억인지
눈 감고 안전해진 피난처인지
눈을 떠도
가만히 있는 어둠인지

두렵다
모르는 채 계속 바라보는 게

파도 속에서
잃어버린 걸 더듬다가
쏟아지는 칼날을 만질 때

나를 찌르는 것이
검은 칼끝인지

기도하는 간절한 손인지

마음이 쏟아지고 있으면
가만히 있어도
정확하게 찔리는 방법은 없고

펜 끝이 우주라면
영원히 멀어지며 그림을 그려 왔겠지

세상의 모든 물감을 쥐고
감은 눈을 다시 감고
가려운 발등으로 물속을 헤매다
상처가 마르기도 전에 번져 가는 그림자를
덧대고 칠하면서
끊임없이 늘어나는 회랑을

오래전에 건너와 버린 거라면
처음 손에 쥔 건 무엇이었는지

걸을 때마다 왜

발등이 점점 불어나는지
기억할 수 없겠지


밤의 바다가 쏟아지면


쏟아지는 별 위로
감은 눈 하나씩 그려 넣겠지

# 퇴화

크리스마스가 끝나도
전구는 깜빡인다
전원이 꺼질 때까지


거리는 거리를 비춘다


여행자는
여행을 마칠 때까지
집으로 돌아갈 수 없다


희미한 축제를 보는 관객처럼


안개 속을 달리는 천사에게
두 귀는 필요하지 않고

# 캐럴

—

당신은 모른다

기둥의 구조

천장을 받치는 방식

끝나지 않는 아침

시작하지 않는

동절기 공사장

소원 빌지 않아도

지나갈 수 있는 생일

두 손을 모아

기도가 되는 건 아니듯

—

기둥에 앉아

무너지는 노래를 듣는다

언제나 기쁨

비슷한 얼굴로

소리 없는 세상에

잠은 유일한 죽음이듯

음악이 꺼진다

눈이 내린다

고유한 방식으로

기둥은 천장을 받친다

나는 지하실을 바라본다

계단이 없어

공사 중이라고 부른다

# 메아리


안전벨트를 매면
안전한 기분이 듭니다


닫힌 방문을
다시 닫아 보는 것과 다르게


미안합니다
함부로 안전해져서


승차권도 없이
탑승한 마음으로


저는 하얀 늑대의 등에 올라타
끝없는 밤을 달리다가
너무 오래 도착하는 사람입니다


아껴 둔 미래를 드립니다


계절이 돌아오기 전
외투를 꺼내기 전이라면

자정을 미리 골라 두는 것
나쁘지는 않습니다

숲과 장마가 지나가고
적막감상협회에 가입하거나

세상이 이대로 끝나도
상관없는 폭설을 기다려도

안전벨트를 매면 다시
안전한 계절이 돌아오겠죠

한번 쓰러진 나무는
영원히 일어나지 않고요

저는 폭설이 내린 다음 날
검은 눈을 밟아 보려고
무너진 집까지 돌아오는 길입니다

맡겨 둔 대답을 돌려 드립니다

내일을 고르지 못한
수줍은 얼굴이라도

용서해 주세요

빛이 빛을 삼키고
아침을 돌려주지 않아도

소리가 당신을 삼키고
아무것도 돌려주지 않아도

# 호수 앉기

그녀는 발견한 것을
수첩에 그려 두는 걸 좋아한다

관광객은 물가에서 시간을 보낸다
그들은 곧 돌아갈 것이다

빙하기 말부터 생겨난
호수의 둘레
물속으로 뻗은 나뭇가지는
푸른 수첩에서 찾아볼 수 있다

겨울 가뭄으로
호수는 70년 만의 최저 수위를 기록한다

돌고래는 죽을 때 익사한다
그녀는 상상만으로
수첩에 그려 넣을 수 없다

물가에서 놀던 아이가 자라
자신과 닮은 아이를 데리고 온 날

아이가 찾은 계단은
물속으로 계속 내려가고 있다


쌓아 둔 수첩을 들킨 건
그녀에게 처음 있는 일이다


어린 관광객에게
반짝이는 건 전부 호수 같다

제4부

# 정적 파티

그는 며칠째 입을 다물고 있다


밤낮으로 기도한다
생일 초 계산도 못 하는 친구들
선물 상자로 가득 차
떨어질 수 없는 난간


아무도 보여 줄 수 없다
정말로 엉망인 건
엉망이라 말해 주지 않아서
다들 입을 다무는 동안


주소도 못 적는 떠돌이
엉망-엉망 발음 연습하는 손님까지
모두 분주할 때
그는 실눈으로 기도한다


감은 눈 사이로
미래가 도착하는지 보려고

손님들을 보다가
며칠 만에 입을 연다

오늘부터 달력을 모아
생일을 전부 파내고
불타 죽는 날까지
소원을 떠올리지 않을 거라고

미래를 발표하는데
아무도 듣지 않는다

자리에서 조용히
일회용 케이크 칼을 줍는다
아무도 다치지 않게
케이크 보관 방법을 읽는다

선물이 너무 많아서
어디부터 열어야 할지 모르겠어

그는 손에 쥔 케이크가

얼마나 엉망인지 모른다

아무도 말해 주지 않아서
크림이 가득 묻은 손으로
입가를 닦는다

# 이어달리기

—

파티가 끝나면 무엇을 하지
아무도 대답하지 않는다

이야기는 보통 이렇게 끝나지 않아
문이 완전히 닫힌 것도 아니고

오늘은 여기까지만 저장해 두고
내일 문 앞에서 시작할 수도 있지만

스피드런을 하기에 늦었다고
그동안 사랑해 주셔서 감사합니다

미리 자막을 띄울 수는 없다
지하 세계는 아직도 공사 중이고

목숨이 전부라고 생각할수록
능력치가 전부라고 여길수록

나는 점점 픽셀에 가까워진다

—

다친 상태면 무적이기 때문에
일부러 다치는 캐릭터처럼

한 칸씩 날아 볼 수도 있겠지만

나는 비상구 계단을 내려가면서
중력을 잘 지키는 사람이 되어 본다

규칙을 잘 지켜야 쓰러질 수 있다

전리품도 없이

이미 웃고 있는 캐릭터는
다시 웃으라고 할 수가 없다

*스피드런: 비디오게임을 최단 시간으로 클리어하는 기록 경쟁.

사춘기


一      우리는 성년이 될 거야
       갈라진 웃음으로


       친구들과 자정에 모여
       동시에 크라운을 뽑고
       오늘이 멈추는지 지켜보기로 했다


       시계가 멈추자
       우리는 한 명씩 하품하고
       나눠서 잠을 자고 집으로 돌아가면서


       오늘 다시 만나자
       아무 페이지나 펼치고
       나쁜 결말을 기다리는 독자처럼


       몇 번을 죽어도
       자꾸만 문을 열어 주는
       백설 공주처럼


—      각자의 집에서

모두가 같은 꿈을 꾼다

검은 휘파람 소리
숲속의 웃음소리들

눈 감아도 커지는
눈먼 시계공의 괘종 소리

우리가 불러낸 게 아니야

그럼 어디서

누군가 꿈속이라고 말해 버린 뒤
아무도 웃지 않는 꿈처럼

웃음이 멈추자
초침이 멈추고
화면이 꺼진다

(쉿,

—

이제부터 공주님들 회의 시간입니다

노파로 분장한 노파가
신중한 눈으로
오늘의 문고리를 고른다

가발을 바닥에 늘어놓고
길게 하품하던 공주가
우물 속으로 대본을 던진다

웃음이 멀어진다,

고 적혀 있다)

잠시 후
우리는 성년이 될 거야
오늘의 웃음으로

벗겨 낼 수 없는

자정의 피부처럼

집에서 돌아온 친구는
연습한 대로 깨어날 줄 모른다

*크라운: 손목시계에서 태엽을 감거나 시각을 조정하는 꼭지.

# 자동 녹음 장치

—

그녀가 잠들면 나는 출근한다

메시지를 작성하고 잠시 기다린다

문자 메시지 서비스는 발송 시점과 거의 동시에
상대방 단말기에 내용을 전달한다
수신자는 메시지 중 원하는 것을 선택할 수 있다

거의 동시라고 적는다

잠이 제공되는 동안 고막은
선택된 목소리를 반복 청취하기 때문에
그녀는 지금 작성되는 기록을 열람할 수 없다

부재중 메시지 서비스는 교환기의 자동 녹음 장치에
연결된 메시지를 재생할 수 있다
가입자는 원할 때 녹음된 음성을 들을 수 있다

자동 녹음 장치라고 적는다

—

여기까지 작성하고 나는 잠시 기다린다

# 귀

마음껏 악몽을 꾸렴
눈만 뜨면
언제나 옆에 있을게

# 경호원

그는 임무를 수행하고 있다. 연단에 선 남자는 태엽을 돌린다. 모두가 숨을 죽인다. 태엽이 천천히 돌아간다. 그는 어린 시절 이후로 태엽을 감아 본 적이 없다. 그는 임무를 수행하고 있다. 그는 어떤 상황에도 대응할 수 있도록 훈련받았다. 모두 연단을 바라보는 동안 그는 동선과 감청 주파수를 확인한다. 그는 임무를 이해하고 있다. 그의 임무는 임무가 실패했을 때까지를 가정하고 있다. 그는 임무를 확신하고 있다. 모든 상황은 순조롭고 톱니바퀴처럼 돌아갈 것이다. 그는 임무에 집중한다. 무대는 끝나 가고 예정된 동선은 확보되어 있다. 그는 임무를 마칠 것이다. 그는 태엽이 몇 번 감겼는지 모른다. 그는 태엽을 감지 않은 세계를 모른다. 그것은 그에게 확보되지 않은 상황이다. 그는 나에 대해서 모른다. 내가 지켜 보고 있다는 것도. 지금 그에 대해 말하고 있다는 것도

# 폐곡선

—

곡선을 마저 그린다
반겨 주던 얼굴을 기억하는
첫눈처럼
매년 돌아오는 계절은

습관 같아
한번 습관이 들면
아무 역에서나 내릴 수 없고

내년이라고 적으면
안전해진 것 같다

시간을
얼어붙게 두고 싶어
겨울 사물함에 들어간 분실물처럼

사물함을 다시 열어 보는 건
사랑이 아니라고
적다가

—

영원히 갇힌 것 같아
안전문처럼
나쁜 습관에 물든 것 같다

생각이 다 녹기도 전에
영원한 꼬리를 밟힌 것 같다

어디로 가는지 몰라도
개찰구는 요금을 청구하고

열차가 멈추는 순간마다
무언가 밟히고 있는 건
내가 아니다

도착할 때마다
새로운 역에 내려
환하게 걷고 있는 건
오늘의 내가 아니다

안전문이 닫히는 동안

햇빛을 기다리게 한 것도


죽은 겨울이 돌아올 때까지


두 눈을 크게 뜨고
꼬리를 물고 있는 것도

# 당신의 것이 아닌 당신의 X

임지훈(문학평론가)

기분이라는 단어를 계속 되뇌어 보자. 기분. 기분. 기분. 기분. 기분. 기분……. 아무렇지 않게 발설되는 일상적인 단어이지만, 그것은 참으로 이상한 단어이므로 앞으로 우리가 나눌 이야기를 위해서는 먼저 이 익숙함과 충분히 멀어질 필요가 있다. 기분. 기분. 기분. 기분. 기분. 기분……. '오늘 기분은 어때?'라고 누군가 묻는다면, 그건 '당신의' 기분을 묻는다는 것. '너는 기분이 어때?'라고 되묻는다면, 그건 '타인의' 기분을 묻는다는 것. 이처럼 '기분'은 '나' 혹은 '타인의' 감정을 묻는 명사로서 독립적인 형태로 존재하지만, 실제 용법에서는 그것을 소유한 것이 누구인가의 문제가 꼬리표처럼 따라붙는다. 예컨대 '기분'을 묻는다는 건, 상대적으로 길게 지속되는 '감정'의 상태를 묻는 것이므로, 그 감정의 소유주가 누구인가의 문제가 항상 적시되어야 한다. 단어로서의 '기분'이 독립적으로 존재할 수 있는 것과 별개로, 생활세계의 측면에서 '기분'은 단독적으로는 결코 존재할 수 없는 무언가이므로.

그러므로 '기분'은 늘 누군가의 것이다. 그게 '너'든 혹은 '나'든 '기분'은 늘 누군가의 소유이다. 그런데 이상하다. 소유는 대체로 통제 능력을 전제하지만, 우리는 결코 '기분'을 통제할 수 없다. 그것은 분명 '나'의 것이지만, '나'의 뜻대로 되지 않으며 어떤 의미에서는 '나'를 쥐고 흔드는 '나'의 주인이기도 하다. '기분'은 늘 '누군가의' '기분'으로 존재하지만, '기분'이 오히려 '누군가'를 쥐고 흔든다면, 우리가 '기분'을 소유하는 것이 아니라 '기분'이 우리를 소유하고 있는 것인지도 모른다. 생활세계에서는 당연한 것으로 체화되어 작동하는 '기분'의 메커니즘이란, 이처럼 언어를 통해 명징하게 표현되는 순간 불현듯 내 몸에 들러붙은 불순물처럼 기이한 관계로 전치된다. 그게 대체로 외부적 자극에 의해 작동된다는 사실을 고려하자면, '기분'이라는 건 순수한 인간의 육체와 정신에 들러붙은 외계의 기생충처럼 느껴지기까지 한다.

그렇다. 우리는 누구나 '기분'을 갖고 있지만, '기분'과의 관계에서 소유는 통제를 전제하지 못한다. 그런데 이 '기분'에는 또 하나의 기이한 특질이 있는데, 그건 '기분'이라는 것이 인간의 표면을 통해 드러난다는 사실과 관계된다. 예컨대, 우리는 자신의 '기분'을 속일 수는 없지만, '기분'에 의해 표면에 드러나는 모습은 어느 정도 조작하고 통제할 수 있다. 그래서 우리는 자신이 느끼는 '기분'을 감추거나 혹은 조작할 수도 있고, 타인의 '기분' 또한 마찬가지라는 것을 알기에 상황을 통해 짐작할 수는 있어도 확신할 수는 없고, 단지 추측해 볼 따름이다. 문제는 우리가 상황 속에서 주고받는 '언어'조차도 이와 같은 '기분'의 특질들에 물들어 있다는 점이고, 그러한 의미에서 이와 같은 작용들은 명징한 '언어'보다 강해서, 그 명시적 의미마저 물들여 버릴 정도이다. 조금 과장을 하자면, 우리가 주고받는 언어 게임이란 서로 명시적으로 드러나지 않는 '기분'에 의해 늘 오염되어 있으며, 그러한 '기분'을 간접적 형태로 주고받는 상황을 가려 주는 일종의 베일에 지나지 않을지도 모른다. 조금 더 정확하게 말을 덧붙이자면, '언어'라는 베일을 벗겨 내더라도 우리가 주고받은 '기분'의 명징한 실체는 파악할 수 없다는 말이 필요하겠지만.

우리의 생활세계가 늘 '기분'이라는 불순물에 물들어 있다는 사실, 그 불순물은 우리의 순수한 육체와 정신에 들러붙은 외계의 기생충과 같다는 사실. 그런 의미에서 우리는 우리가 소유하고 있음에도 통제할 수 없는 불편한 타인과 늘 함께 머물고 있는지도 모른다. 권경욱의 시집 『미착품』을 읽기 위해서는 이러한 '나'와 '기분'의 관계를 전제할 필요가 있다. 그는 자신의 작품을 통해 이 불순물과 같은 '기분'이라는 단어를 반복적으로 사용하며 그것을 낯설어지게 만들고, 때로는 그것이 자율적으로 행동하도록 만들고 있기 때문이다.


이제부터 당신의 말은 기록된다

방문을 닫으면
다음 기분으로 넘어가듯

아침의 건널목에서
다음 신호를 기다리다

나보다 먼저
건너가는 기분을 바라본다

종이를 넘기며
모르는 표정마다
당신이라 이름 붙이듯

이상한 그림을 보면
계속 들여다보고 싶어진다

오늘 태어난 백지가
서로의 표정을 바라본다

선물을 뜯어 보기 전에
마음의 매듭이 먼저 풀리듯

마음은 리허설이 필요 없는지 모른다

한낮의 건널목에서

놓쳤던 기분을 기다린다


신호가 먼저 재생된다

—「생방송」 전문


　인용한 작품에서 '기분'은 시간의 흐름과 같은 운동성을 가지면서, 동시에 '나'와는 분리되어 자율적으로 움직일 수 있는 존재로 그려진다. 그것은 "방문을 닫"는 '나'의 행동에 다음 상태로 이행하고, 때로는 "나보다 먼저" 움직이며, 그렇기에 그것의 소유주인 '나'조차 그것을 따라갈 수 없어 놓치기도 한다. '기분'이라는 존재는 이처럼 상황에 '나'보다 먼저 반응하고, '나'의 의지와 상관없이 움직이는데, '나'는 그러한 '기분'과 완전히 떨어질 수는 없는 것과 같은 반응을 보인다. '기분'이라는 것이 대체로 외부적 반응에 대한 '나'의 감정적 반응을 의미하는 것을 상기할 때, 이와 같은 '기분'의 움직임은 '내'가 통제할 수 없는 외부 환경에 따른 것으로, 위의 시에서 그러한 자극은 '당신'이라 지칭된 존재와 연관되리라는 것 또한 유추할 수 있을 것이다.

　위의 작품에서 나타나는 '기분'의 특질은 이것이 '나'의 것이면서 '나'의 통제 바깥에 있다는 점에서 충분히 낯설기도 하지만, 사실 이러한 낯섦은 생활세계와의 충분한 거리로 인해 생성되는 것은 아니다. 우리는 때로 스스로를 앞

117

서가는 '기분'을 경험하기 때문이다. 예컨대 나도 모르는 새에 터져 나오는 울음이나 환희, 혹은 울화와 같은 것들. 자신이 통제할 수 없는 감정이 지속되고 그것이 분출되는 것은 그리 낯선 일은 아니다. 하지만 이것을 위의 작품에서와 같이 명시적인 언어로 표현할 때, 그 익숙함 이면에 감춰진 낯선 메커니즘이 모습을 드러내게 된다는 점이 중요하다. 그리고 여기에서 한 발 더 나아가, 시인은 다음의 작품에서 '기분'이라는 시어를 의도적으로 반복하며 그것을 더욱 낯설어지게 만드는 시도를 감행한다.

웃다가 멈추면 알 수 있지

나보다 늦는 게 누구인지
훔쳐보는 건 누구인지

입을 가리고
조용한 편지를 쓴다

기분에게

나의 기분을 보는 기분과
기분을 찾으러 다니는 모든 기분에게

나는 이 느낌을 허락받고 싶다

그리고 모두에게 사과하고 싶다


당신을 찾았을 때
밤새 현관을 두드려도
영원히 열어 주지 않기를

—「입장」 부분

　위의 작품에서 화자는 자신의 '기분'을 향해 편지를 쓴다. 편지가 언어를 통해 자신의 의사를 전달하는 것이라 할 때, 이는 다음과 같은 특징을 전제한다. 편지의 수신자와 언어를 주고받는다는 점에서 그 대상은 '나'의 묵시적인 통제 바깥에 있는 이격되어 있는 대상이라는 점이다. 그리고 여기에서 더 나아가 화자는 "나의 기분을 보는 기분", "기분을 찾으러 다니는 모든 기분"과 같은 표현을 씀으로써 '나'의 '기분'이라는 것이 단일한 실체가 아니라 무수히 분열될 수 있는 존재임을 암시한다.

　서정적이면서도 일상적인 언어를 통해 표현되는 '기분'의 특질은 다음과 같은 사실을 명시한다. 우리가 느끼는 '기분'이란 언어로 표현되는 것과 같이 단일하지 않으며, 모든 순간 다분히 분열되어 있어 상호적인 반응 또한 촉발될 수 있다. 우리가 서로의 '기분'을 물을 때, 그 답변은 언어로 이루어져 있기에 '괜찮아', '좋아', '나빠', '슬퍼', '기뻐', '괴로워', '즐거워'와 같은 단일한 형태로 표현되지만,

119

그 실상은 언어라는 외피와 달리 무수한 곡절들로 구성되어 있는 것이다. 조금 더 시에서 제시되는 '기분'의 용법을 살펴보자면, 화자는 다음과 같은 말을 전하는 듯하다. 예컨대, 우리가 특수한 '기분'을 느낄 때조차, 그 '기분'을 느끼는 자신을 인지할 때 발생하는 또 다른 '기분'에 사로잡히게 되며, 그러한 관계 속에서 '내'가 느끼는 '기분'이란 계속해서 분열될 수 있다는 것이다.

 '기분'이라는 보통명사를 생활세계에서와는 다른 의미의 낯선 대상으로 만드는 이 작품들이 시집의 서두에 배치됨으로써, 우리는 그의 이후 작품들을 읽으면서도 '기분'을 하나의 독자적인 권경욱 시인만의 시어로 인식하게 되며 무언가 기묘한 느낌을 받게 된다. 예를 들어 「메아리」라는 작품의 서두에서 화자가 "안전벨트를 매면/안전한 기분이 듭니다"라고 말할 때조차, 우리는 그것을 화자가 자신이 노출된 상황 속에서 느끼는 '기분'으로 직설적으로 이해하는 것에 실패하게 된다. 오히려 그와 같은 문장을 읽으면서 우리는 자신의 '기분'을 관조하듯 바라보고 있는 인지의 주체로서의 화자를 감각하게 되며, 동시에 그러한 '기분'이 화자가 느끼는 전부가 아니라는 사실을 알게 됨으로써 화자가 진실로 '안전한' 상황에 위치하고 있는 것이 아니라는 생각마저 갖게 된다. '기분'이라는 보통명사를 낯설게 만듦으로써 독자로 하여금 그 소유주인 '화자'와 그가 처한 상황조차도 낯설어지게끔 만들고 있는 것이다.

 다소 분석적인 관점에서 벗어나 감정적인 태도로 이러한

120

시적 상황을 바라보자. 그 상황이 과연 일상적이며 평온한 것이라 할 수 있을까? 결코 아닐 것이다. '나' 혼자 존재하는 상황에서도 끊임없는 분열과 이격, 괴리와 추격으로 점철된 그의 일상이란 명징한 것은 아무것도 존재하지 않는 한없이 혼란스러운 경험의 연속에 가깝다. 그렇기에 그는 다음 작품을 통해 자신의 일상이 어떠한 감각적인 형태로 경험되고 있는지를 서술하고 있다.

그는 며칠째 입을 다물고 있다


밤낮으로 기도한다
생일 초 계산도 못 하는 친구들
선물 상자로 가득 차
떨어질 수 없는 난간


아무도 보여 줄 수 없다
정말로 엉망인 건
엉망이라 말해 주지 않아서
다들 입을 다무는 동안


주소도 못 적는 떠돌이
엉망-엉망 발음 연습하는 손님까지
모두 분주할 때
그는 실눈으로 기도한다

감은 눈 사이로
미래가 도착하는지 보려고


손님들을 보다가
며칠 만에 입을 연다


오늘부터 달력을 모아
생일을 전부 파내고
불타 죽는 날까지
소원을 떠올리지 않을 거라고


미래를 발표하는데
아무도 듣지 않는다


자리에서 조용히
일회용 케이크 칼을 줍는다
아무도 다치지 않게
케이크 보관 방법을 읽는다


선물이 너무 많아서
어디부터 열어야 할지 모르겠어


그는 손에 쥔 케이크가

　　얼마나 엉망인지 모른다

　　아무도 말해 주지 않아서
　　크림이 가득 묻은 손으로
　　입가를 닦는다

―「정적 파티」 전문

　앞서 제시한 화자의 일상적 심리를 고려할 때, 위의 작품에서 주목하게 되는 부분은 다음과 같을 것이다. "계산도 못 하는", "떨어질 수 없는", "엉망", "주소도 못 적는", "엉망-엉망 발음 연습하는", "분주할 때", "파내고", "불타 죽는", "너무 많아서", "어디부터 열어야 할지 모르겠어". 위의 표현들은 모두 부정 혹은 혼란스러운 자신의 감각을 토로하고 있는 것들인데, 이러한 표현들은 화자가 처한 상황이 자신의 인지를 초과하는 것임을 직접적으로 전달하고 있다고 할 수 있을 것이다.

　그런데 우리가 이러한 인지적 혼란만큼이나 주목해야 하는 지점이 또 있다. 이것은 시집 전체에 걸쳐 반복되는 지점이기도 한데, 그러한 인지적 혼란의 주체로서의 '화자'가 사실은 한없이 차분하고 정돈된 언어로 자신의 상황을 서술하고 있다는 사실이다. 그러한 정돈된 언어는 화자가 저러한 혼란을 경험하고 있으면서도, 한편으로는 그 혼란으로부터 일정한 거리를 갖고 있다는 사실을 전제하며, 동시에 그의 시가 표현하고자 하는 바가 단순히 심적 경제의

123

혼란이 아니라는 사실을 지시한다.


어제 나는 죽었다


영문도 모르고
반대로 탄 지하철처럼


어쩔 수 없이 기쁜 얼굴로
그럼 끝인가


끝이라고 말하는
내가 있었고


이것도 꿈은 아니다


기쁘다 말하면
기쁠 줄 알았는데


마음이 나보다 커서
속이기가 어렵다


축소 광선을 맞은 것 같다


아무리 작아져도

　　도망갈 수 없는 아침

　　식탁에 앉으면
　　영원을 기다릴 수 있다

　　잼 나이프를 들고
　　식빵에 딸기잼을 바르다가

　　무너진 정원을 비추고
　　자라나는 햇빛을 본다

—「밝은 정원」 전문

　　이러한 차분하고 정돈된 서술은 심지어 죽음 이후의 시간이라는 미래적 시공간을 예비하고 있는 위의 시에서 더욱 극명하게 나타난다. 이 시에서 살아 있는 존재로서 '나'의 죽음은, '나'에게 어떠한 감정적 동요도 촉발하지 못한다. 그것은 그저 지나간 시간 속에 존재하는 사실 가운데 하나일 따름이다. 극단적 상황과 그에 정반대되는 극단적인 차분함은 그에게 있어 중요한 것은 생물학적인 삶과 죽음의 문제가 아니라는 사실을 알려 주면서 동시에 이러한 시적 태도가 '나'에게 있어 어떠한 사건에도 흔들릴 수 없는 고유하며 본질적인 요건임을 암시한다.
　　이처럼 그의 언어는 한 치의 비문이나 오탈자도 존재하지 않으며, 윗세대의 언어처럼 장광설로 점철되어 있지도 않다. 「경호원」과 같이 산문의 형태로 제시될 때에도, 어떠한 의미론적 중복이나 장황함 없이 경제적이고 깔끔한 투로 서술된다. 분열되고 혼란스러운 외부 상황과 한없이 분열되는 '기분'에 사로잡힌 주체라기에는 기이할 정도로 정돈된 그의 문체는 다음과 같은 사실을 지시한다. 예컨대, 화자로서의 '나'는 이 상황들에 포획된 존재가 아니라 일정한 거리를 갖고 그 모든 것을, 심지어는 자신의 '기분'이나 내면마저도, 그리하여 자신의 죽음까지도 관조할 따름인 존재라는 사실 말이다.

그러한 의미에서 바라보자면, 우리는 권경욱이 제시하는 시적 화자에 대해 다음과 같은 이미지를 가져 볼 수도 있을 것이다. 죽음과는 무관한, 어떠한 외부적 자극에도 스스로를 드러냄 없이 초연히 존재하며, 감정의 지속으로서의 '기분'조차 외부화되고 대상화되어 단지 거기 있을 뿐인 어떤 존재. 무생물과도 같은 그런 모습. 그렇기에 이 화자의 양태는 어떤 의미에서는 해탈한 것과 같은 초연한 느낌을 선사하면서도, 다른 한편으로는 한없이 외롭고 초라한 최소화된 존재처럼 느껴지기도 한다. 그는 어떤 상황에서도 몰입감 없이 약간의 거리감을 통해 존재할 따름이며, 그렇기에 타인과의 교류도 마음과 마음으로 이루어질 수 없기 때문이다.

어쩌면 이러한 관조의 태도란 자신이 처해 있는 혼란, 내적 분열로부터 자신을 지키기 위한 고육지책인지도 모른다. 화자의 어제에 돌이킬 수 없는 상실이 지울 수 없는 얼룩의 모습으로 각인되어 있음이 암시되는 시편들을 떠올리자면 무감각하고 무감정한 모습으로 존재하는 화자의 모습은 일련의 설득력을 지닌다고도 볼 수 있을 것이다. 하지만 이렇게 바라보는 것은 어떨까. 예컨대, 화자의 이토록 고요하고 최소화된 존재의 양태가 견딤을 위한 것이라 할 때, 그 견딤은 단순히 자신이 경험하는 감정적·감각적인 혼란으로부터 스스로를 지키기 위한 것이 아니라, 미래에 다가올 어떤 순간을 위해 자신의 상태를 오래도록 지속하기 위한 방법이라면? 예컨대 이 무감각한 고요란 자신이 속한 세계 전체를 조망하기 위한 일련의 시적 방법론으로써 자신이 속한 세계를 새롭게 예술적으로 바라보기 위한 그의 고유한 방식이며, 이를 통해 언젠가 찾아올 가까운 미래에 대한 미세한 예감과 기적에 한껏 귀 기울이기 위한 방식으로도 읽힐 수 있는 것, 그것이 바로 이 최소화된 무생물적 주체가 아닐까.

　　창문에 앉은 사람은
　　창밖을 본다
　　그것은 규칙도 아닌데

　　커피가 유리잔에 담긴다
　　얼음과 함께
　　그것은 투명한 사실

햇볕이 뜨거운 거리
걷는 사람
유리는 창밖을 비춘다

창틀을 제외하면
거의 실시간으로 보인다

보고 있다는 건
재생되고 있다는 것

그것을 적는 사람
그렇게 적힌 사람
이것을 읽는 사람

누구도 멈출 줄 모른다는 것

창밖을 보는 사람은
바깥을 보는 얼굴을 본다

얼굴을 보는 얼굴을
마감할 수는 없다

커피는 유리잔에 담겨 있다
컵에 물이 맺히고

마지막 손님이 일어날 때까지


창밖을 보는 사람은
매일 반복되는 일이다


점원은 가게를 닫고
내일 주문할 물건들을 확인한다


신선 상품은
단순 변심에 의한 반품이 제한될 수 있다


주문을 취소해도
배송이 시작된 상품은 도착할 수 있다

—「미착품」 전문


　시집의 표제작이기도 한 위의 작품에서, 화자는 실내에 앉아 햇볕 뜨거운 거리를 창문을 통해 바라보고 있다. 그러나 화자의 시선을 잡아끄는 어떠한 사건이나 사물도 존재하지 않는 이 고요한 공간 속에서, 그럼에도 화자는 "누구도 멈출 줄 모른다"며, "창밖을 보는 사람은/매일 반복되는 일"이라고 말한다. 자신의 바라봄이 오래도록 지속되어 왔으며, 앞으로도 그럴 것임을 암시하는 것이다. 앞서 이야기한 권경욱의 시적 화자의 태도에 대한 논의를 상기하며 이 작품을 바라보자면, 「미착품」은 그 자체로 시집 『미착품』의 전체를 관통하는 이야기라고도 할 수 있을 것이다.

그렇기에 이 작품에는 시집의 다른 작품들 속에서 미처 담길 수 없었던 미약한 희망이 자리 잡고 있음에 주목할 필요가 있다. 마지막 연에서 화자는 다음과 같이 말한다. "주문을 취소해도/배송이 시작된 상품은 도착할 수 있다"고. 현재에 어떠한 사건이나 행동이 취해진다 하더라도, 그 무언가가 미래에 도착하리라는 믿음이 가득 담긴 문장에서, 아주 작은 숨으로 존재하고 있는 희망에 귀를 기울여 보자. 어쩌면 거기에는 이 시집의 마지막 작품에서 미약하게 제시되었던 미래에 대한 예감이 속삭여지고 있는지도 모른다. "도착할 때마다/새로운 역에 내려/환하게 걷고 있는 건/오늘의 내가 아니다"(「폐곡선」). 비록 지금은 아닐지라도, 그리하여 어쩌면 영원히 과거로서만 존재할 수 있는지 몰라도, 그것은 언제고 미래의 모습으로 다시 나타날 수 있으므로.

물론 권경욱의 작품에서 희망을 말하는 것은 짐짓 섣부른 일이 되고 말리라. 그의 시적 태도는 오랜 시간 '시'라는 형식에 대한 믿음을 통해, 자기만의 실험을 거쳐 건져진 단단하고 완성도 높은 것이기 때문이다. 그 태도 속에서 희망을 추출한다는 것은 어쩌면 시적 태도 그 자체에 내장된 것이 아닌 읽는 이의 바람이 투영된 결과인지도 모른다. 그럼에도 우리가 그의 시를 읽으며 끝내 자신의 희망을 투영하고 있는 것은 왜일까. 무조의, 무생명의, 무채색의 세계에서 끝내 반짝임을 잃지 않는 어떤 것이 권경욱의 시에 존재하고 있기 때문은 아닐까? 나는 그것이 그의 무생명적인 시적 태도가 지닌 생명의 기척이 아닐까 생각해 본다. 단단한 것일수록 부서짐을 상상하게 되고, 혼란의 너머로 평온을 상상하게 되는 것이 자연스러운 일인 것처럼, 그의 담담한 관조의 태도 너머로 시적 상상력이 오래도록 그 기척을 발하리라 믿는다.